Faut-il répondre à Éric Zemmour sur le terrain de l'histoire ? Beaucoup estiment que c'est lui faire trop d'honneur que de discuter ses falsifications et manipulations politiques du passé. Ces arguments sont recevables et, en temps normal, nous aurions préféré traiter ses prises de position par le silence qu'elles méritent. Mais lorsque le torrent de haine et de violence – verbale ou programmée – qu'il porte (et qui le porte) déferle dans l'espace public au point d'en faire un protagoniste majeur de l'élection présidentielle, prendre la parole apparaît comme une nécessité pour qui fait de l'histoire son métier.

Au fil de ses écrits et de ses nombreuses interventions, Éric Zemmour ne cesse de déformer l'histoire, en attaquant la pratique et la parole des historiens et historiennes ou en taxant les programmes scolaires de « propagande antifrançaise ». L'inexactitude est érigée en méthode, la mauvaise foi en moteur de la connaissance ; l'histoire est convoquée comme une « arme politique » au mépris des travaux et des usages scientifiques.

Là où la nuance et le rapport critique aux sources s'imposent comme bases de la méthode historique, dans le but d'établir des faits et de dégager une compréhension des phénomènes passés, le discours zemmourien tord le réel à sa convenance. À partir d'une culture historique à la fois limitée et datée, il construit un récit obsessionnel, qui ramène toute évolution historique à un affrontement entre la France, son essence et ses héros d'un côté, et de l'autre les acteurs de son « déclin » ou de son « suicide », des huguenots aux islamistes en passant par les révolutionnaires ou les féministes.

Éric Zemmour prétend proposer une « vraie histoire de France », celle que les élites cacheraient délibérément afin de leurrer le peuple. Mais cette « véritable histoire » est en réalité truffée d'erreurs, d'approximations, d'interprétations abusives ou tendancieuses, quand ce n'est pas de mensonges grossiers. Notre but collectif dans les pages qui suivent est simple. Nous n'entendons pas faire un cours ou traquer de façon exhaustive toutes les bourdes d'Éric Zemmour. Il ne s'agit pas non plus de poser aux redresseurs de torts en proposant une « bonne » version de l'histoire, qui serait moralement ou politiquement correcte. Nous savons, précisément, que la recherche du vrai dans le passé force à la modestie, à admettre une part d'incertitude ou de désaccord interprétatif.

Cela dit, même avec la prudence qu'elle exige, la recherche historique établit certains faits de façon définitive. C'est pourquoi il n'est pas acceptable qu'Éric

Zemmour maltraite, déforme ou nie des vérités historiques, sur des thèmes souvent essentiels. En présentant une sélection de ses contrefaçons, on pourra démontrer l'imposture sur toutes les périodes et tous les sujets.

Plus encore, le discours zemmourien sur l'histoire révèle une vision du monde et du genre humain qu'il convient d'analyser rigoureusement pour en dévoiler le danger. Éric Zemmour se sert de l'histoire pour légitimer la violence et l'exclusion, pour promouvoir une vision raciste et misogyne de l'humanité. Il fait mentir le passé pour mieux faire haïr au présent… et ainsi inventer un futur détestable.

À ces outrances, nous opposons nos savoirs, collectivement construits, avec fermeté et sérénité.

Textes écrits par un collectif d'historiens et d'historiennes rassemblant :

Alya Aglan – Florian Besson – Jean-Luc Chappey – Vincent Denis – Jérémie Foa – Claude Gauvard – Laurent Joly – Guillaume Lancereau – Mathilde Larrère – André Loez – Gérard Noiriel – Nicolas Offenstadt – Philippe Oriol – Catherine Rideau-Kikuchi – Virginie Sansico – Sylvie Thénault.

6 502 – CLOVIS N'EST PAS OUBLIÉ

« Clovis est désormais jeté dans les poubelles de l'histoire. Comme un témoin gênant. »

Éric Zemmour, *Destin français. Quand l'histoire se venge*, Albin Michel, 2018, p. 54.

Le récit qu'Éric Zemmour propose du baptême de Clovis est truffé d'erreurs, d'imprécisions, d'anachronismes. Mais concentrons-nous ici sur la dernière phrase de ce chapitre : l'accusation selon laquelle Clovis serait désormais « oublié » et, pire, oublié volontairement, jeté « à la poubelle » par de méchants historiens œuvrant contre l'identité française.

Il s'agit d'un mensonge assez grossier. Les historiens n'ont en réalité jamais cessé de travailler sur Clovis. La base de données *Regesta Imperii*, qui permet une recherche par mots-clés dans les travaux d'historiens et d'historiennes médiévistes, ne révèle ainsi pas moins de 109 publications ayant « Clovis » dans le titre depuis 1996, année marquée par de nombreuses commémorations du baptême du roi franc. Parmi ces travaux, des articles de recherche, analysant entre autres les armées de Clovis, sa correspondance avec l'évêque Remi, les lois qu'il a émises ; des biographies (de Michel Rouche en 1996 et de Laurent Theis, nouvelle édition en 2015) ; deux gros actes de colloque ayant eu lieu en 1996, qui se penchent respectivement sur le baptême du roi et sur la mémoire de Clovis à travers les siècles ; et, tout récemment, un gros ouvrage de Bruno Dumézil, spécialiste de la période, qui revient sur le baptême du roi. En 2018, Pauline Mouré soutient même une thèse consacrée à l'image de Clovis dans le royaume de France entre 1250 et 1550. Tous ces travaux convoquent de nouvelles sources, proposent de nouvelles hypothèses – notamment sur le baptême – et enrichissent peu à peu ce qu'on sait du roi mérovingien.

On est loin des poubelles… Mais, dira-t-on, ce sont là des travaux d'universitaires : qu'en est-il du grand public ? Là encore, ni oubli ni *damnatio memoriae*. Clovis a droit à un album des éditions jeunesse Quelle histoire (2016) et à une bande dessinée dans la collection « Ils ont fait l'histoire » de Glénat (2021). On entend longuement parler de lui dans des podcasts (*Passion Médiévistes*, épisode 12, 2018), des revues grand public (*L'Histoire*, n° 358, novembre 2010), des vidéos de Youtubeurs historiques très médiatisés (Nota Bene, 2021) ou encore des expositions (« Les temps mérovingiens » au musée de Cluny à l'automne 2016-2017, « Le monde de Clovis » au musée royal de Mariemont au printemps 2021). Clovis est également présent à l'école : il est par exemple explicitement cité dans le programme d'histoire de CM1.

On pourrait accumuler les exemples. L'idée d'un Clovis « oublié » permet à Éric Zemmour de chanter une petite chanson décliniste et complotiste, sur le refrain bien connu du « on n'apprend plus l'histoire de France à vos enfants », mais on voit qu'elle est purement et simplement fausse, et que le roi franc n'a jamais été plus présent dans la recherche universitaire comme dans sa diffusion auprès du grand public.

1099 – LA CROISADE N'EST PAS UNE VICTOIRE FRANÇAISE

> *« La croisade est une immense victoire. Une victoire française. Le salut de l'Europe chrétienne est venu de France* […] *Godefroi de Bouillon était (pratiquement) français. »*
>
> Éric Zemmour, *Destin français, op. cit.* p. 68 et p. 71.

Deux grosses erreurs pour le prix d'une. D'abord, la première croisade dont parle ici Éric Zemmour – lancée en 1095 et qui s'achève en 1099 avec la prise de Jérusalem – n'a absolument pas « sauvé l'Europe chrétienne ». Celle-ci n'était en effet pas du tout menacée à l'époque, au contraire même : la première croisade est l'un des éléments de « l'essor de l'Occident », un nouveau dynamisme conquérant qui se manifeste également en Sicile, dans la péninsule Ibérique, dans l'espace slave et balte. En outre, contrairement à ce qu'écrit ensuite Éric Zemmour en parlant de « vague islamique », les conquêtes islamiques sont terminées depuis un bon moment, même si l'arrivée des Turcs seldjoukides a brièvement relancé une phase d'expansion, marquée notamment par la défaite des Byzantins à Mantzikert (1071). Mais c'était en 1071 : depuis, les Seldjoukides se sont divisés en émirats rivaux et ne menacent plus l'empire byzantin. Par conséquent, en 1099, la chrétienté occidentale n'est absolument pas en danger, et n'a donc pas besoin d'être « sauvée ».

Deuxième erreur : affirmer que la croisade est une « victoire française ». Éric Zemmour confond, bien évidemment volontairement, le terme de « Francs » qui désigne souvent les croisés et celui de « Français ». Or les deux ne sont pas synonymes. Il suffit pour le voir de lire les sources : le chroniqueur Foucher de Chartres, qui a participé à la croisade, évoque ainsi « une multitude infinie parlant des langues différentes et venue de pays divers ». Il mentionne bien sûr des Français – le frère du roi des Francs part en croisade – mais également des Anglais, des Bretons, des Lorrains, des Normands, des Flamands, des Gascons, des Bourguignons, des Provençaux, des Goths... Plus tard s'ajouteront des Vénitiens, des Génois, des Castillans, et même des Scandinaves ! Or tous ces peuples ne sont pas « français » et ne se définissent pas comme « français ». Certains, bien sûr, finiront par le devenir, comme les Provençaux ou les Bretons, mais seulement plusieurs siècles plus tard : il est totalement absurde de plaquer sur le XIe siècle des identités qui n'existent pas à l'époque. De même, dire que Godefroi de Bouillon, duc de Basse-Lotharingie et premier souverain du royaume de Jérusalem, est « français » est faux : il ne l'est ni par la langue qu'il parle ni par ses fidélités politiques (puisqu'il est vassal de l'empereur du Saint Empire romain). Éric Zemmour propose donc une vision nationaliste de la première croisade, certes parfaitement classique chez les auteurs de droite et d'extrême droite, mais scientifiquement totalement fausse.

1240 – SAINT LOUIS N'EST PAS UN ROI JUIF

« Le roi de France descend du roi David ; le peuple français descend du peuple d'Israël : la langue française même, au-delà de ses origines latines ou grecques, tire sa source de l'hébreu. Rien n'arrêtera les historiographes des monarques capétiens dans la quête de leurs racines juives. »

Éric Zemmour, *Destin français*, *op. cit.*, p. 86.

Commençons par dissiper un malentendu : Éric Zemmour ne prétend pas que les rois de France descendent vraiment de David, il reprend les termes des auteurs médiévaux qui subliment la monarchie comme héritière des rois d'Israël. Là où il dépasse leur pensée, c'est quand il affirme que les rois de France chercheraient des « racines juives » : les racines que recherchent les rois médiévaux sont bibliques, et non pas juives, ce qui représente une grande différence. La monarchie française, et particulièrement celle de Louis IX (le futur saint Louis), cherche à présenter le peuple franc comme le nouveau peuple élu, et la France comme une nouvelle terre promise, le tout en s'appuyant sur une rhétorique antisémite et xénophobe très marquée. Les juifs, en tant que peuple, ne sont jamais un modèle pour les rois de France.

Dans ce passage, Éric Zemmour tord fortement les travaux d'historiens et d'historiennes, de même que les sources médiévales. Pourquoi ? Parce qu'il s'agit pour lui de présenter la monarchie française comme une synthèse entre « universalisme chrétien » et « nationalisme juif ». La monarchie réussirait là où le judaïsme aurait échoué : constituer une nation élue, croyant en un destin privilégié. Cette volonté de mettre en avant les liens entre chrétienté médiévale et judaïsme est caractéristique de la nouvelle extrême droite, car elle permet à la fois d'unir les deux contre un ennemi commun (l'islam/les musulmans) et de faire de l'État d'Israël l'exemple même d'un nationalisme méritoire, donc un allié.

Or ce lien minore évidemment les violences médiévales contre les juifs, qu'Éric Zemmour ne fait qu'évoquer en passant : quelques juifs sont brûlés, on expulse puis on annule l'expulsion, explique-t-il. Pourtant, ces violences sont tout sauf anecdotiques et constituent même le cœur de la construction monarchique française. La naissance de la nation française se fait largement au détriment des juifs et d'ailleurs de toute autre minorité religieuse : le roi très-chrétien français expulse et spolie les juifs de son royaume afin d'y affirmer son droit de vie et de mort, puis il les réintègre jusqu'à leur expulsion finale en 1394. La violence que représente un pouvoir qui se croit investi d'un destin privilégié et qui cherche à unifier religieusement son territoire est fondamentale. La « souillure » que représentent les juifs pour Louis IX – des hommes et des femmes bien réels, et non pas les modèles mythiques de David et Salomon – justifie des persécutions politiques récurrentes. Éric Zemmour les minimise, préférant rêver à un nationalisme anachronique.

1359 – LE GRAND FERRÉ N'EST PAS UN HÉROS PATRIOTE

> *« "Le Grand Ferré". Il va incarner le peuple de France… Alors le peuple se rebelle contre la trahison des élites prédatrices et leur rappelle le chemin du patriotisme. Le Grand Ferré n'a plus jamais rangé sa hache au rayon des accessoires. »*
>
> Éric Zemmour, *Destin français*, *op. cit.*, p. 103-109.

Éric Zemmour s'appuie sur une idée déjà ancienne : les révoltes de la fin du Moyen Âge préfigurent la Révolution française et illustrent la volonté du peuple français de prendre son destin en main. Quitte à prêter aux acteurs des intentions qui n'étaient pas les leurs…

Ainsi du Grand Ferré, héros paysan de la guerre de Cent Ans. Celui-ci organise la résistance de son village et hache menu (littéralement) les Anglais qui les menacent. Il a été présenté par les auteurs de la IIIe République au XIXe siècle comme un homme du peuple qui a su s'élever au-dessus de sa condition en réussissant là où les nobles ont échoué : combattre et vaincre l'envahisseur, à un moment où les armées françaises ne parviennent pas à protéger les campagnes des exactions des mercenaires.

Le Grand Ferré représente-t-il une forme de révolte contre les élites ? Peut-être. Peut-être même a-t-il participé aux grandes révoltes, les Jacqueries, contre la noblesse incapable de protéger ses communautés rurales des violences de la guerre. Pourtant, quand il s'agit de se défendre contre les Anglais, le Grand Ferré agit avec l'accord des seigneurs locaux, à qui il a demandé l'autorisation de s'armer et d'établir des fortifications. On est loin ici d'une remise en cause de l'ordre social. Plus encore, le patriotisme du Grand Ferré est une invention du XIXe siècle : les sources médiévales permettent surtout de dire que ce héros paysan, comme les gens qui se battent avec lui, défendent leur vie, leur communauté, leur terre locale, et non le royaume ou la nation qui ne sont encore que des réalités très abstraites et peu ancrées dans les esprits.

Les auteurs du XIXe siècle faisaient du Grand Ferré un héros patriote, résistant contre l'envahisseur. Éric Zemmour va plus loin : il en fait le héros de la révolte armée contre des élites prédatrices qui ont oublié le peuple français. Il parle de la faillite des nobles et de la monarchie, mais aussi des élites marchandes parisiennes, des élites cosmopolites enrichies par le commerce de la « ville-monde » qui ont trahi les campagnes après leur avoir fait miroiter monts et merveilles. Les résonances contemporaines sont évidentes : les élites politiques et financières contre le peuple qui, lui, serait porteur des vraies valeurs nationales. Difficile de ne pas voir dans la dernière phrase, « Le Grand Ferré n'a plus jamais rangé sa hache au rayon des accessoires », un appel à l'usage de la violence contre des élites qui ont trahi l'intérêt national. La hache doit-elle vraiment faire son retour comme instrument du débat politique ?

1572 – LES VICTIMES NE SONT PAS LES BOURREAUX

> *« Il faudrait un implacable Richelieu combattant sans relâche "l'État dans l'État" et "les partis de l'étranger" pour abattre les La Rochelle islamiques qui s'édifient sur tout le territoire. »*
>
> Éric Zemmour, *Le Suicide français*, Albin Michel, 2014, p. 526.

Rejetant toute repentance, Éric Zemmour ne pleure pas les milliers de protestants, hommes, femmes et enfants assassinés par des catholiques en 1572. Il regrette qu'on n'ait alors pas fini le travail : la « vague » protestante était très haute, « la Saint-Barthélemy l'a repoussée mais ne l'a pas brisée » (*Destin français*, p. 332).

Plongeons dans sa lecture du massacre. À ses yeux, les musulmans sont les nouveaux huguenots ; l'enjeu souterrain de la Saint-Barthélemy, c'est donc le prétendu grand remplacement. Le massacre est un geste de résistance, par lequel la France catholique refuse de céder devant l'envahisseur protestant, venu d'Allemagne – même si Calvin est en réalité picard. Il faut donc en finir par la force avec les minorités avant que celles-ci n'en finissent avec nous. Comme toujours, Éric Zemmour inverse les rôles, transformant les victimes en bourreaux. À ses yeux, le massacre est la conséquence du « fondamentalisme huguenot », la réponse justifiée à l'arrogance des protestants « intolérants, persécuteurs de catholiques » (*Mélancolie française*, p. 25).

Que les huguenots n'aient jamais représenté plus de dix pour cent du royaume et aient fort peu massacré ne gêne guère sa démonstration. Force est de constater pourtant que la Michelade de Nîmes (1567), aussi tragique soit-elle avec quatre-vingts morts catholiques, n'a rien de comparable avec les dix mille victimes de la Saint-Barthélemy ni même avec les nombreux massacres antérieurs de protestants (Wassy, Tours, Sens, Amiens, Toulouse, etc.).

« Nous sommes tous des Catherine de Médicis », proclame Éric Zemmour (*Mélancolie française*, p. 26). *Coming out* féministe ? Pas vraiment. Pour lui, l'histoire ne s'écrit qu'au masculin. Des hommes finiront l'histoire que « l'Italienne » avait par faiblesse à peine ébauchée. Richelieu parviendra à éradiquer le protestantisme, grâce au siège de La Rochelle (1628, plus de vingt mille morts) et Louis XIV révoquera l'édit de Nantes (1685). Si l'extirpation de l'hérésie protestante a échoué en 1572, c'est donc pour Éric Zemmour à cause de Catherine qui, à l'image de « nos élites », est « hésitante » et « tolérante ». Catherine gouverne à l'émotion : après avoir célébré le mariage de sa fille avec le huguenot Henri de Navarre le 18 août 1572, elle ordonne « affolée », le 22 août, l'assassinat de l'amiral Coligny puis « cède aux sirènes du machiavélisme le plus fruste » en commandant la mise à mort des « huguenots de guerre », déclenchant la « fureur exterminatrice » du « peuple de Paris » (*Destin français*, p. 299). En réalité, ce sont les Guise, zélés catholiques, et non Catherine qui commanditent l'attentat contre Coligny. C'est non « en panique », mais par calcul, qu'elle ordonne l'assassinat préventif des meneurs protestants. Enfin, les huguenots ont été massacrés non par la populace mais par de bons bourgeois, des voisins miliciens, catholiques fondamentalistes, chauffés depuis une décennie par une armée de prêcheurs de haine.

1756 – LES NAZIS NE SONT PAS LES HÉRITIERS DE VOLTAIRE

> *« Les Chamberlain, Gobineau, Rosenberg ne sont pas les produits odieux des anti-Lumières, mais les fils des Lumières. Pas les rebelles contre Voltaire, mais ses enfants dégénérés. Les bâtards de Voltaire ! »*
>
> Éric Zemmour, *Destin français*, *op. cit.*, p. 168.

Pour Éric Zemmour, Voltaire est l'une des figures les plus répulsives de l'histoire de France. Au fil des ouvrages, tout y passe, des poncifs les plus éculés jusqu'aux allégations les plus vulgaires. Anglomane et donc anti-Français, Voltaire apparaît comme le jouet de la Pompadour, symbole d'un XVIIIe siècle présenté comme le « siècle des femmes ». C'est le moyen pour Éric Zemmour de conjuguer sa misogynie à l'idée du déclin inexorable d'une France des Lumières entraînant la Révolution. Or, affirmer que Voltaire est le complice des théoriciens du racisme du XIXe siècle, comme Houston Stewart Chamberlain et Arthur de Gobineau (*Essai sur l'inégalité des races humaines*, 1853), et des criminels contre l'humanité du XXe siècle, comme Alfred Rosenberg, théoricien nazi condamné à mort à Nuremberg en 1946, est une absurdité.

Entendons-nous bien : derrière la figure paternelle et souriante de la statue de Houdon, on découvre le financier prêt à investir d'importantes sommes d'argent dans le commerce négrier. Le Grand Homme n'est pas exempt des préjugés et des pratiques les plus critiquables de son temps. Or, si l'histoire sert à déconstruire le mythe de Voltaire pour rendre compte des ambivalences des Lumières, ce travail est bien éloigné de la démarche d'Éric Zemmour qui ne vise qu'à ridiculiser le personnage et en caricaturer la pensée.

Alors que la Bible affirme l'unité de l'espèce humaine, c'est bien son anticléricalisme et sa volonté de mettre en cause les dogmes de la religion catholique qui justifient, selon Voltaire, l'affirmation de l'existence de différentes races au sein de l'espèce humaine. Révélant les contradictions qui traversent les Lumières, sa pensée racialiste ne le conduit pourtant ni à défendre l'esclavage contre lequel il n'a pas cessé de se battre, ni à justifier l'exploitation des peuples au nom des besoins consuméristes des Européens. En 1756, dans son *Essai sur les mœurs et l'esprit des nations*, Voltaire met en cause la supériorité de la civilisation européenne et dénonce l'égoïsme des nations. Revendiquant le recours à des méthodes sérieuses et à l'étude de documents fiables, il montre que le moteur de l'histoire des peuples et des civilisations repose sur leurs capacités à échanger et à commercer. Contre cette idéalisation nostalgique du passé et une conception cyclique de l'histoire, cette sécularisation pose les jalons d'une histoire non européenne, voire décentrée

Panthéonisé par les révolutionnaires français en 1791, statufié par la République de Jules Ferry, Voltaire reste associé à la lutte menée contre l'intolérance religieuse, le fanatisme et la pensée réactionnaire. Pour tous les adversaires de la République réunis autour des prétendues racines chrétiennes de la France, Voltaire, dont l'ironie fustige le racisme, est l'homme à abattre.

1789 – LA RÉVOLUTION FRANÇAISE N'EST PAS UN COMPLOT

> *« Et si la Révolution était un "bloc", mais un bloc de violence, de fureur, d'injustices criminelles, une catastrophe nationale du début à la fin ?* [...] *Ajoutez-y les travaux d'Augustin Cochin qui, avant de mourir en héros pendant la Première Guerre mondiale, a analysé la formidable organisation des sociétés de pensées jacobines, héritées de celles des Lumières, qui ont façonné et dirigé, jusque dans les plus petites villes de France, le vote aux États généraux de 1789. »*
>
> Éric Zemmour, « La Révolution n'est pas ce qu'on vous a dit ! », *FigaroVox*, 8 mai 2019.

Deux idées résument l'essentiel de la pensée d'Éric Zemmour sur la Révolution. Tout d'abord, cette dernière aurait été porteuse, dès ses premiers instants, de désastres et de malheurs ; elle n'aurait été, de bout en bout, qu'une catastrophe sanguinaire. À cette approche contre-révolutionnaire classique, Éric Zemmour adjoint l'idée que l'éruption de 1789 ne fut pas spontanée mais préparée par des « sociétés de pensée », dont les philosophes et la franc-maçonnerie, qui formaient une nébuleuse capable d'influencer l'opinion, de la tourner contre les puissants voire, le moment venu, de soulever le pays. Après 1789, ces conspirateurs auraient constitué une cabale de trois mille à quatre mille jacobins tenant les destinées du pays.

Penser que la Révolution aurait été planifiée et dirigée par une minorité univoque interdit toute intelligence de la période. Éric Zemmour renoue ici avec les discours paranoïaques et apocalyptiques du siècle dernier qui voyaient dans la chute de la Bastille et de la monarchie le résultat d'un plan ourdi de longue date par une clique de protestants, de juifs et de francs-maçons.

De plus, la thèse complotiste retire toute autonomie aux masses populaires : penser qu'elles furent si manipulables, c'est les penser politiquement incapables. À ne voir dans la Révolution qu'un uniforme et dramatique théâtre de marionnettes, la lecture zemmourienne masque le fait cardinal de la période : l'entrée en politique de multitudes d'hommes et de femmes à l'origine de formes inédites de participation aux destinées de la nation.

Cette thèse gomme donc tout ce qui fait la spécificité du moment révolutionnaire : l'incertitude généralisée, l'accélération du temps, l'ouverture de l'univers des possibles. Ce sont bien ces dynamiques qui permirent d'assister en quelques années très denses à un profond renouvellement des cultures politiques, à la réinvention des rapports sociaux et des hiérarchies, à un bouleversement des relations entre l'Église et l'État, entre les riches et les pauvres, entre l'administration et les citoyens, mais aussi à l'abolition définitive des droits féodaux, à l'invention de formes de démocratie radicale et décentralisée, au partage des communaux ou encore à la création de secours publics à destination des indigents, des vieillards, des veuves et des orphelins.

En relisant la Révolution française comme un temps d'expérimentation d'une République démocratique et sociale, on comprend mieux qu'un amoureux de l'ordre, de la hiérarchie et de l'autoritarisme n'y voie qu'une catastrophe nationale…

1793 – IL N'Y A PAS DE GÉNOCIDE VENDÉEN

> « *La Vendée est unique en ce que tout est renversé : les soldats de la République, Kléber, Hoche, font la paix, tandis que les bourreaux de la République, Carrier, Turreau, exterminent. La guerre laisse la place au génocide. [...] Comme Carrier voulait remplacer les "fanatiques vendéens" par de braves sans-culottes, l'humanité ancienne par une humanité nouvelle, l'universalisme mondialisateur remplace les populations européennes rétives par un nouveau peuple de la "diversité".* »
>
> Éric Zemmour, *Destin français*, *op. cit.*, p. 302, p. 306.

À l'heure où nous écrivons ces lignes, Philippe de Villiers vient de rejoindre le parti Reconquête. Il n'est donc pas étonnant de constater une harmonie idéologique entre Éric Zemmour et le concepteur du Puy du Fou, haut lieu de commémoration contre-révolutionnaire des guerres de Vendée. Suivant la thèse formulée par Reynald Secher en 1985, tous deux érigent cet épisode sanglant de l'histoire de France en véritable « génocide ».

Le problème ne vient pas ici de l'application d'un concept forgé en 1943 à des événements de 1793 – sans quoi on ne pourrait pas non plus parler de génocide arménien – mais du fait qu'un génocide suppose une intention d'extermination d'une population définie. Or, les « Vendéens » d'Éric Zemmour ne formaient pas un groupe national, ethnique ou religieux. Il n'existait pas avant (ni pendant) la Révolution d'identité régionale capable de cristalliser un projet ciblé d'éradication. Si la thèse génocidaire est anachronique, c'est parce qu'elle projette sur le passé une identité vendéenne mythifiée.

Surtout, les autorités révolutionnaires n'ont eu aucune doctrine systématique sur la question vendéenne. Elles n'ont jamais circonscrit la répression à un territoire précis et se gardaient de traiter les « Vendéens » comme un bloc hostile à la République, car il existait bel et bien une Vendée patriote. D'ailleurs, l'appellation de « brigands » par laquelle les décrets de la Convention désignaient les paysans rebelles était déjà en usage sous l'Ancien Régime et qualifiait au même moment bien d'autres insurgés à travers le pays.

Cette guerre civile qui fit près de deux cent cinquante mille morts fut impressionnante par son ampleur et son atrocité. Mais la violence y fut désordonnée et aléatoire, soumise au hasard de la personnalité d'officiers souvent dépassés, aux pulsions des unités qui profitaient du flou des ordres reçus. Bien loin de manifester la planification méthodique propre aux génocides, cet épisode est surtout révélateur d'une certaine culture de la violence et des haines enracinées localement au XVIIIe siècle.

Mais Éric Zemmour n'a que faire de ces débats. C'est à des fins politiques et au prix d'un relativisme total qu'il instrumentalise les cadavres des Vendéens, dont le sort devient la préfiguration de toutes les exterminations à venir… jusqu'à la nôtre. La Vendée n'est pour lui qu'une référence mise au service de sa prophétie du « grand remplacement ». Sous l'effet de l'accroissement des échanges et circulations planétaires, prévient-il, la France devient « une nouvelle Vendée, comme tous les pays d'Europe », menacée d'extinction. Comme toujours, Éric Zemmour télescope les époques et les faits, ne manipulant l'histoire que pour réintroduire en sous-main ses obsessions racistes.

1830 – LES FRANÇAIS N'ONT PAS CRÉÉ L'ALGÉRIE

« La France fondera l'Algérie – qu'elle baptisera elle-même, comme Jules César l'avait fait avec la Gaule – en réunissant des tribus nomades. [...] Malgré les offres généreuses de terres et les déportations, puis, plus tard, le renfort des Italiens, Espagnols, Maltais, sans oublier les juifs du décret Crémieux, les Français blancs ne seront pas assez nombreux pour dominer démographiquement les indigènes arabes et kabyles [...] Prévost-Paradol avait là encore tout prévu. Vis-à-vis "de la race arabe qu'il paraît également difficile de nous assimiler ou de détruire", il préconisait de "laisser [...] les Arabes se tirer, comme ils le pourront, à armes égales, de la bataille de la vie". Les Arabes suivront les conseils de Prévost-Paradol ; aidés par la médecine française, et en dépit des terribles disettes et épidémies qui ravagèrent l'Algérie au XIXe *siècle, ils gagneront "la bataille de la vie". Le drame algérien était alors inéluctable. »*

Éric Zemmour, *Mélancolie française*, Fayard, 2010, p. 48 et 50.

En 1830, *watan* ou *bilad al-jazâ'ir* (pays d'Alger) désigne en arabe ce que les Français appellent Algérie. Province de l'Empire ottoman autonomisée, la Régence d'Alger se compose de trois beyliks (est, ouest, Titteri) et exerce sa souveraineté sur des hommes et des femmes déjà appelés Algériens – en 1724-1725, par exemple, le médecin Jean-

André de Peyssonnel, parcourant les « royaumes » d'Alger et de Tunis, parle des « Algériens » et des « Tunisiens », comme il parle des « Français », au sens des sujets et habitants des royaumes en question. La Régence existe en outre au plan international. Elle conclut des traités – y compris avec la France. Le général français, installé à Alger après le débarquement de 1830, commande une armée dite « d'occupation » tandis que l'ordonnance de 1834 créant un gouverneur général est juridiquement assimilée à un acte d'annexion.

Les Français n'ont donc pas fondé l'Algérie, pas plus qu'ils ne l'ont développée. Après 1945, la situation économique préoccupe en permanence les autorités françaises confrontées au nationalisme. L'industrie est inexistante, le sous-emploi chronique dans les campagnes, la misère généralisée ; d'où l'émigration vers la métropole. Il faut attendre 1958 pour qu'un plan de développement soit lancé : le plan de Constantine. Quatre ans avant l'indépendance.

Démographiquement, la population algérienne décroît dramatiquement à partir de 1830 et pas seulement du fait des épidémies et famines. Les violences militaires, qu'Éric Zemmour n'évoque pas, la déciment également. Certains, comme l'essayiste Prévost-Paradol, vont jusqu'à prédire sa disparition. Éric Zemmour n'hésite pas alors à regretter la survie des « Arabes » dont la croissance démographique ne s'explique pas par l'implantation de structures médicales, d'abord concentrées dans les zones urbaines et européennes. C'est une croissance naturelle forte, typique d'économies sous-développées.

Éric Zemmour exprime ici un idéal suprémaciste « blanc » – il emploie le qualificatif pour désigner la minorité française, composée notamment de naturalisés (juifs d'Algérie et descendants des Européens). De fait, c'est à une société d'apartheid que finit par ressembler l'Algérie coloniale qui compte, en 1954, un million de Français et huit millions d'Algériens, maintenus dans l'infériorité juridique, politique, économique et sociale.

1894 – DREYFUS N'EST PAS COUPABLE

> « *Il y avait beaucoup de gens qui étaient tout à fait prêts à dire "oui Dreyfus est innocent, même si c'est trouble cette histoire aussi", mais on ne va pas refaire le procès de Dreyfus ici, mais qui ont été choqués par la violence* [...] *du texte de Zola qui s'en prend à l'armée* [et] *beaucoup de gens vont se retourner dans le camp antidreyfusard à cause de Zola.* [...] *On peut comprendre cela parce que la victoire des dreyfusards va provoquer une purge dans l'armée, de nombreux officiers vont être purgés parce qu'ils étaient antidreyfusards, etc. et c'est en partie à cause de ça que l'armée en 14* [...] *sera désorganisée et qu'il y aura beaucoup de morts pendant l'offensive allemande.* »
>
> Éric Zemmour, « Face à l'info », CNEWS, 29 septembre 2020.

> « *En plus l'étude graphologique est assez, comment dire, parlante... on ne saura jamais.* »
>
> Éric Zemmour, « Face à l'info », CNEWS, 15 octobre 2020.

Sans aller jusqu'à proclamer ouvertement la culpabilité d'Alfred Dreyfus, Éric Zemmour multiplie dans ses prises de parole des sous-entendus de nature à instiller, contre toute évidence, doutes ou confusions sur l'affaire, ainsi que des contre-vérités manifestes.

On remarque d'abord l'aberration qui consiste à expliquer les ralliements aux camps dreyfusards et antidreyfusards, en 1898 lors de la publication de « J'Accuse... ! », par ses conséquences supposées sur l'armée, des années plus tard. En parlant de « purge » des militaires antidreyfusards, Éric Zemmour reprend un des couplets ramassés chez quelques auteurs d'extrême droite. Mais là où ces derniers se contentent de parler progressions de carrières ralenties, le polémiste, une nouvelle fois, gravit un degré. Quelle purge ? Car enfin, les militaires les plus en vue, épargnés par l'amnistie de 1900, continueront leur carrière, ralentie parfois par la volonté de quelques ministres de républicaniser l'armée – comme la continueront sans heurt les Négrier, Geslin de Bourgogne ou Hardschmidt, auteur en 1899 d'un ordre du jour à son régiment qui était une insulte au président de la République. Loin d'être purgé, ce dernier devient grand officier de la Légion d'honneur en 1904.

Quant à l'idée de « beaucoup de morts » en 1914 en raison du « J'Accuse… ! » de Zola, elle relève d'une vision complotiste et ignorante de la Grande Guerre, comme si le succès du plan Schlieffen de l'Allemagne avait pu tenir à quelques colonels en moins côté français. L'armée française n'était pas « désorganisée » ni privée d'officiers antidreyfusards, bien au contraire. Elle avait en revanche des doctrines offensives périmées.

Mais cette nouvelle absurdité d'Éric Zemmour n'importe guère face à la question d'une histoire « trouble » dans laquelle « on ne saura jamais » qui a écrit le « bordereau », document incriminant au point de départ de l'affaire. Ces propos d'Éric Zemmour entretiennent la confusion sur un point pourtant parfaitement clair : l'écriture du véritable traître, Esterhazy, est identique à celle du bordereau. Il n'y a en réalité aucun « trouble » qui nécessiterait de refaire le procès. Ce procès, on ne le refera pas parce que l'affaire est limpide et qu'il a été définitivement clos en 1906. On pourra se reporter aux milliers de pages de l'enquête et des débats de la Cour de cassation et, si l'idée de les lire rebute le lecteur impatient ou pressé, à une unique phrase de l'arrêt, celle qui en est la synthèse : « de l'accusation portée contre Dreyfus rien ne reste debout ».

1917 – LES MUTINS NE VOULAIENT PAS CONTINUER LA GUERRE

« Les historiens contemporains nous ont appris que les grandes mutineries de cette année-là [1917] *étaient issues du désespoir d'hommes las de mourir dans des attaques vaines et mal conduites.* [...] *Et si ces hommes héroïques, des "lions conduits par des ânes", disaient, admiratifs, les Allemands, avaient été avant tout furieux qu'on les arrêtât juste au moment où ils sentaient la victoire proche ?* [...] *En avril 1917, la machine de guerre allemande approchait du point de rupture. Sauvés par la pusillanimité de Pétain, puis soulagés par leur victoire à l'est, les Allemands jouèrent leur va-tout en adoptant justement une stratégie offensive à la Nivelle. »*

Éric Zemmour, *Mélancolie française*, *op. cit.*, p. 111.

Une des plus manifestes trahisons du passé est d'attribuer aux gens que l'on étudie des motivations qui ne sont pas les leurs pour servir une cause politique. C'est ce que fait Éric Zemmour avec les soldats révoltés contre la guerre en 1917, ceux que l'on appelle les « mutins ». En effet, le polémiste laisse entendre que des milliers de poilus se sont dressés contre la guerre et sa conduite parce qu'on les empêchait de poursuivre une grande offensive lancée en 1917 sur le Chemin des Dames, de voler vers la victoire. Autrement dit, ces hommes épuisés par deux années et demie de guerre, qui ne cessent d'exprimer dans leur correspondance leurs souffrances et leur envie que la guerre s'arrête, se seraient révoltés pour poursuivre une offensive ratée et très meurtrière. Rien ne saurait être plus faux.

Si la grande offensive de 1917 est un échec dès le jour même de son lancement, le 16 avril – la percée n'est pas obtenue, les Français n'avancent guère –, c'est parce que les défenses allemandes tiennent bien, qu'elles n'ont pas été suffisamment abîmées par la préparation d'artillerie et parce que le plan français comportait de mauvaises estimations de la situation. Si l'offensive est arrêtée, c'est donc tout simplement parce qu'elle se heurte à l'adversaire et parce que, justement, les soldats mutinés expriment leur critique de la guerre, rendant difficile de s'obstiner dans l'échec. Pétain n'a donc pas stoppé l'attaque par « pusillanimité », comme le dit Éric Zemmour, mais tout simplement parce qu'il ne pouvait faire autrement. Les Allemands n'avaient ici pas besoin d'être « sauvés ».

Par hostilité idéologique au « pacifisme », Éric Zemmour rate ici une des clefs des expériences de guerre : le rejet sans cesse croissant de ce que les hommes vivent dans les tranchées. Le bellicisme et le nationalisme outrancier ne sont sûrement pas de bons guides pour comprendre l'histoire de la guerre, ni celle des hommes en guerre.

1940 – PÉTAIN N'A PAS PRÉPARÉ LA REVANCHE

> « *Dès son arrivée au pouvoir, Pétain voulut rendre à l'Allemagne la monnaie de sa pièce ; imiter la conduite souterraine de la république de Weimar après l'armistice du 11 novembre 1918 ; préparer en douce une armée pour la revanche de la revanche de la revanche ; et en attendant,* finassieren… »
>
> Éric Zemmour, *Mélancolie française*, *op. cit.*, p. 45-46.

Après la défaite de 1940, il n'est pas question de revanche nationale comme après la défaite contre la Prusse en 1871 mais d'expiation générale. Plutôt que de fourbir ses armes en contournant les termes de l'armistice comme l'Allemagne après le traité de Versailles, Pétain se sert de la défaite pour culpabiliser les Français et, plus particulièrement, les élites de la IIIe République. Si revanche il y a, elle ne vise pas l'Allemagne nazie mais le Front populaire, dont l'ancien président du Conseil, Léon Blum, est traduit comme « fauteur de guerre », avec d'autres dirigeants, à Riom en 1942 devant une Cour suprême de justice spécialement créée. La « revanche » est bien politique, et tournée vers les « ennemis de l'intérieur ».

À l'inverse, sur le plan international, l'État français se considère « neutre », hors la guerre et prétend défendre sa flotte et son Empire « contre quiconque », c'est-à-dire contre les Britanniques mais surtout contre les gaullistes.

Et loin de « finasser » avec l'Allemagne dans un jeu de dupes maîtrisé, le régime de Vichy s'engage délibérément à l'automne 1940 dans une collaboration à sens unique. Cela conduit même à proposer au Reich en 1941 l'utilisation d'installations militaires françaises en Syrie et en Afrique du Nord pour faciliter la guerre contre l'Empire britannique : pas exactement une politique de « revanche » contre l'Allemagne…

Quant aux moyens militaires, Pétain s'accommode d'une armée d'armistice, réduite à environ cent mille hommes en métropole, privée de l'essentiel de son matériel saisi par les autorités d'occupation suivant les termes des deux conventions d'armistice signées avec les Allemands le 22 juin 1940 et avec les Italiens le 24 juin. Dissoute le 27 novembre 1942, au moment où la zone sud est envahie par la Wehrmacht, l'armée d'armistice voit certains de ses cadres passer ouvertement à la résistance, mais il s'agit de décisions individuelles sévèrement réprimées par le gouvernement de Vichy et par les occupants. Donc l'armée dont parle Éric Zemmour n'est ni celle de Pétain, ni celle de De Gaulle.

L'image du « glaive et du bouclier », qui suppose une connivence entre de Gaulle et Pétain, une sorte de partage des rôles, l'un continuant la guerre aux côtés des Alliés et l'autre ayant « fait don de sa personne à la France », resté pour protéger les Français d'un traitement aussi dur que celui infligé à la Pologne, est une fiction présentée par les défenseurs du maréchal lors de son procès devant la

Haute Cour, à l'été 1945. Le jour même du débarquement en Normandie, le 6 juin 1944, le maréchal Pétain et Pierre Laval, chacun de son côté, demandent aux Français de ne pas prendre part à un conflit qui ne les concernait pas. Peut-on plus clairement dire que la guerre ou la revanche contre l'Allemagne n'était pas et n'avait jamais été un objectif de Pétain et de son régime ?

1940 – PÉTAIN A BEL ET BIEN TUÉ LA RÉPUBLIQUE

> *« Les historiens prétendent aujourd'hui unanimement que Pétain a tué la République, tandis que de Gaulle l'a rétablie. Mais ce sont les parlementaires d'une majorité de "front populaire" qui ont aboli la IIIe République* […] [De Gaulle] *soumettra sa Constitution au référendum, ce que Pétain avait promis mais jamais fait. Il a eu grand tort. Non seulement la Constitution de 1944 – que le Maréchal voulait léguer à la France mais qui ne verra jamais le jour – aurait été plébiscitée, mais elle ressemblait comme une sœur aînée à celle de 1958. »*
>
> Éric Zemmour, *Destin français*, *op. cit.*, p. 394.

Difficile de faire plus faux en aussi peu de phrases. Pour réhabiliter Pétain, Éric Zemmour établit un parallèle trompeur avec de Gaulle en 1958, qui occulte la véritable négation de la République que fut Vichy. Les différentes affirmations méritent d'être démenties une à une. D'abord les historiens ne « prétendent » pas que Pétain a tué la République : c'est un fait attesté durant toute la durée du régime de Vichy, et dès son origine. Celui-ci remonte à l'acte constitutionnel no 1 du 11 juillet 1940 : « Nous, Philippe Pétain maréchal de France […] déclarons assumer les fonctions de chef de l'État français. » Renouant avec le « nous » de majesté des rois, Pétain instaure un régime sans élections ni parlementaires (les

Chambres sont « ajournées » et jamais réunies), où le « chef » concentre les pouvoirs et désigne un successeur. La devise républicaine est remplacée par « travail, famille, patrie ». Les fonctionnaires doivent prêter serment au Maréchal, qui a le pouvoir de les sanctionner individuellement. Enfin, la législation républicaine est reniée, ouvrant la voie à toutes les discriminations, dès le 3 octobre 1940 avec le « statut des juifs ». Pouvoir personnel quasi absolu, suppression de la souveraineté populaire et du principe représentatif, arbitraire des sanctions, fin de l'égalité devant la loi : un siècle et demi de principes républicains disparaissent en un été.

Éric Zemmour recourt ensuite à une technique rodée par plusieurs générations de polémistes en désignant les « parlementaires d'une majorité de "front populaire" qui ont aboli la IIIe République ». En réalité, le parlement qui vote les pleins pouvoirs à Pétain est celui qui a *renversé* le Front populaire en 1938, réuni à Bordeaux dans un contexte menaçant, privé d'une centaine de parlementaires déchus ou exilés. Surtout, le vote du 10 juillet 1940 désigne le « gouvernement de la *République*, sous l'autorité et la signature du maréchal Pétain », en le chargeant d'écrire et de faire ratifier une nouvelle constitution. Le pouvoir que s'arroge ensuite Pétain, qui remplace Marianne sur les timbres-poste, est donc un abus et une tromperie.

Reste justement la fiction de la « Constitution de 1944 [...] que le maréchal voulait léguer à la France ». Le moins qu'on puisse dire est qu'il ne s'est pas pressé ! En réalité, ce projet esquissé fin 1943, jamais officialisé, n'avait pour seul but que d'essayer de ménager une porte de sortie honorable à Pétain, Vichy et ses dignitaires, en suggérant aux Américains qu'ils pouvaient redevenir présentables, maintenant que la défaite allemande était inéluctable. On avait mal choisi son camp en 1940 : peut-être qu'il était encore temps de donner l'illusion d'un vague parlementarisme ? La légalité républicaine, la vraie, fut heureusement rétablie cette même année 1944 : par un certain de Gaulle dirigeant le Gouvernement provisoire de la République française.

1942 – VICHY N'A PAS PROTÉGÉ LES JUIFS FRANÇAIS

> *« Vichy a protégé les juifs français et donné les juifs étrangers. »*
>
> Éric Zemmour, sur Europe 1, 26 septembre 2021.

Éric Zemmour enrobe d'un vernis de connaissance la défense de Vichy depuis 1945 : face à la pression nazie, les dirigeants de l'État français auraient mené une politique de « moindre mal » destinée à protéger les « israélites », au prix de l'abandon des étrangers. Telle est, à propos des rafles qui ont visé en 1942 des dizaines de milliers d'innocents, la thèse canonique de la littérature pro-pétainiste (Me Isorni, René de Chambrun, l'amiral Auphan ou Alfred Fabre-Luce). Un simple regard sur la chronologie et les chiffres de la déportation raciale suffit pourtant à démontrer l'inanité de la thèse du « moindre mal » :

– Quand Vichy met toute la puissance de l'État dans la politique d'arrestation des juifs étrangers et de leurs enfants (la plupart français, car nés en France !), un maximum de victimes sont livrées aux nazis. Du 17 juillet au 11 novembre 1942, sous l'effet de l'« arrangement » négocié par le chef de la police de Vichy René Bousquet avec les chefs de la police allemande, trente-six mille juifs sont déportés – trente-six mille en moins de quatre mois !

– Quand au contraire, après novembre 1942, la France est entièrement occupée, que son gouvernement est dépouillé de tout ce qui lui restait de souveraineté (la zone libre, l'Empire, son armée d'armistice) et réduit au rang d'État fantoche, il faut vingt mois aux autorités allemandes pour obtenir la déportation de trente-deux mille juifs.

Depuis plus de cinquante ans, la recherche historique a établi, à partir de patientes investigations, que, si les trois quarts des juifs ont survécu en France, ils le doivent d'abord et avant tout à l'aide de la population et au manque de zèle des agents ordinaires de l'État chargés de les arrêter. Dès la première grande opération visant en juillet 1942, à Paris (la rafle dite du Vel d'Hiv), des femmes et des enfants, parmi les plus pauvres, des Polonais pour l'essentiel, près des deux tiers sont parvenus à échapper à l'arrestation – malgré les ordres draconiens de Bousquet et la pression invisible mais redoutable de l'occupant. C'est un cas unique en Europe, dû à l'intégration plus forte qu'ailleurs des juifs dans la société environnante.

Certes, Vichy ne voulait pas déporter les juifs français les plus « enracinés ». Son projet était de se débarrasser des étrangers et des naturalisés. Mais, en persécutant l'ensemble des juifs dès 1940 (les lois d'exclusion et la spoliation visent avant tout les Français), en jouant pleinement la carte de la victoire d'Hitler à l'été 1942 et en souhaitant la déportation des juifs étrangers « indésirables », Vichy ne s'est absolument pas mis en situation de protéger ses nationaux. Dès l'été 1942, tous les juifs, français comme étrangers, en zone libre comme en zone occupée, se sentent en danger. Beaucoup tentent de fuir, d'entrer dans la clandestinité, et donc s'exposent à des arrestations individuelles, dans la rue, sur la ligne de démarcation, etc. De fait, sur les 74 150 juifs déportés vers les camps et centres de mise à mort, 24 000, dont plus de 7 000 enfants, avaient la nationalité française…

1949 – SIMONE DE BEAUVOIR N'EST PAS MADAME JEAN-PAUL SARTRE

> *« En cet été 1940, Simone de Beauvoir admire sans se lasser pendant des heures un détachement de la Wehrmacht à travers les persiennes de la maison de La Pouëze (Maine-et-Loire) où elle s'est réfugiée, après la débâcle. »*
>
> Éric Zemmour, *Destin français*, *op. cit.*, p. 474.

Rien de surprenant à ce que l'auteur du *Premier Sexe* (2006) déteste l'autrice du *Deuxième Sexe* (1949). Éric Zemmour incarne et défend, encore en 2021, tout ce que Simone de Beauvoir déconstruisait et attaquait soixante-dix ans auparavant, à savoir la conviction que la femme est biologiquement déterminée à être dominée par l'homme et reléguée hors de toutes les sphères de pouvoir. « Les règles de l'évolution darwinienne démontrent pourtant à l'envi qu'on ne devient femme que parce qu'on est née femme », écrit-il. Mais rien ne l'obligeait pourtant à tordre faits et mots pour délégitimer la philosophe, pire, la salir.

Pour Éric Zemmour, Beauvoir n'est rien sans les hommes de sa vie, son père d'abord, Sartre ensuite, « son maître, son roi, [...] son homme », qui « vint. Pour l'éclairer, l'édifier, l'éduquer ». Rappelons que Simone de Beauvoir était déjà certifiée en mathématiques, latin, littérature, éthique et psychologie quand elle rencontre Jean-Paul Sartre. *Le Deuxième Sexe* ne serait, à en croire Éric Zemmour, que l'application « laborieuse » des

« catégories philosophiques chères à son compagnon ». Femme, Beauvoir ne saurait penser par elle-même. C'est bien méconnaître non seulement la richesse des échanges intellectuels entre les deux philosophes, mais également l'originalité de la pensée de Beauvoir comme l'importance du *Deuxième Sexe*, réduit par Éric Zemmour à quelques petites phrases.

Éric Zemmour s'emploie ensuite à la brosser sous les traits d'une bourgeoise naïve, sorte de Fabricette à Waterloo dans l'Europe tourmentée des années 1930, pire, en midinette enamourée devant les soldats allemands. La description que fait la philosophe de l'entrée de la Wehrmacht en juin 1940 devient sous la plume d'Éric Zemmour une « admiration contemplative », une préférence érotique dédaignant les pauvres Français de la débâcle. Pourtant, quand on lit le *Journal de guerre* de la philosophe, ce n'est pas ce qu'on trouve : « Les officiers sanglés, gantés, conscients de leurs gants [...] étaient d'une morgue épaisse et odieuse », écrit-elle ; plus loin « Ceux que je vois passer ont de telles têtes d'imbéciles » ; ou encore « Ces gueules d'Allemands sont infâmes ». Des passages qu'Éric Zemmour omet soigneusement de citer. Mais sans doute est-ce parce qu'il a préféré lire et reprendre quasi mot à mot *1940-1949. Années érotiques* de Patrick Buisson plutôt que d'aller vérifier la source et lire les Mémoires de Beauvoir.

Or ce portrait à charge est une stratégie récurrente chez Éric Zemmour qui fait le même reproche à la féministe Benoîte Groult, précisant qu'ensuite elle se « rattrapera » avec les Américains. De toute façon, pour lui, « les Françaises de la plus haute naissance s'étaient jetées au cou des cosaques qui défilaient sur les Champs-Élysées en 1814, comme, quelques années plus tôt, les Italiennes et les Allemandes avaient jeté leur dévolu sur les beaux officiers de la Grande Armée ». À l'en croire, les femmes n'ont pas de patrie, pas de colonne vertébrale, pas de cerveau, juste des émotions érotiques pour les hommes de pouvoir…

1957 – MAURICE AUDIN N'A JAMAIS TUÉ PERSONNE

> « *Si, on peut reconnaître qu'il* [Maurice Audin] *a été torturé mais moi je pense qu'il méritait douze balles dans la peau. C'était un traître. C'était un type qui a pris les armes contre la France. C'était un type qui aidait le FLN à tuer des Français et accessoirement des harkis et des musulmans, à les massacrer.* [...] *C'était donc tout à fait normal qu'il fut exécuté. La torture, ça a quand même permis d'arrêter les attentats.* »
>
> Éric Zemmour, « L'Opinion », émission de Nicolas Beytout sur Europe 1, 18 septembre 2018.

Maurice Audin appartenait au Parti communiste algérien (PCA), dissous en 1955, un an après le début de la Guerre d'indépendance algérienne. Individuellement, des communistes ont rejoint les maquis de l'Armée de libération nationale (ALN). Certains, à Alger, en 1956, ont formé un groupe participant aux attentats : les Combattants de la libération. Contrairement à ce qu'affirme Éric Zemmour, ce n'est pas le cas d'Audin, qui n'a jamais commis de violence. Âgé de vingt-cinq ans en 1957, marié, père de trois jeunes enfants, il enseigne à la Faculté d'Alger, rédige une thèse de mathématiques. Dans la clandestinité, il aide les dirigeants du PCA recherchés. Ainsi il finit par être dénoncé aux parachutistes qui l'arrêtent le 11 juin 1957. À cette date, en effet, la 10e DP (division parachutiste) exerce légalement les pouvoirs de police à Alger.

Emmené au Centre d'El Biar, lieu de torture et d'exécutions très connu, il disparaît. Sa femme, Josette Audin, réussit à joindre des intellectuels en métropole, dont le mathématicien Laurent Schwartz et l'historien Pierre Vidal-Naquet. Ils animeront un Comité au nom du disparu, qui ne cessera de dénoncer la torture. Josette Audin porte plainte, aussi, mais l'amnistie occasionnera un non-lieu à la fin de la guerre, en 1962. Officiellement, son mari s'est évadé. À cette version mensongère jamais la vérité n'a pu être opposée. Elle reste inconnue. Les parachutistes agissant en toute légalité, cependant, Emmanuel Macron a reconnu la responsabilité de l'État le 13 septembre 2018. Ce ne sont pas des militaires outrepassant leurs pouvoirs, commettant un abus ou un excès de folie, qui ont tué Maurice Audin.

Son cas dément le lien tissé entre attentats et torture. Les arrestations, détentions et interrogatoires visaient bien au-delà des responsables des attentats. Cette répression a une logique policière – démanteler les réseaux en activité, qu'ils soient terroristes ou non – mais aussi une logique de terreur : elle dissuade celles et ceux que tente l'engagement. Génératrice de haine, la torture, sur ce plan, est contre-productive. Concrètement, en outre, les attentats n'ont jamais cessé.

Le mensonge ici légitime la violence, autant celle de l'assassinat politique, couvert par de fausses accusations, que celle de la torture. La pratique, pourtant, est criminelle. Le protocole du Comité contre la torture des Nations Unies ne tolère aucune dérogation. Il oblige « tout État partie » à « prendre des mesures efficaces pour empêcher que des actes de torture et autres peines ou traitements cruels, inhumains ou dégradants soient commis dans tout territoire sous sa juridiction ». La France l'a ratifié.

1961 – LE MASSACRE DU 17 OCTOBRE N'EST PAS LA RÉPRESSION D'UNE MANIFESTATION

> *« Cette manifestation n'était pas pacifique. Elle était interdite. Première chose. Elle n'aurait pas dû avoir lieu. Ils sont arrivés. Ils n'auraient pas dû être là. Donc le préfet Papon avait ordre de ne pas les laisser passer. »*
>
> Éric Zemmour, débat avec Alain Duhamel sur BFM, 18 octobre 2021.

Le 5 octobre 1961, un communiqué de Maurice Papon, préfet de police de Paris, annonce un couvre-feu pour les « Français musulmans d'Algérie », transmis en interne par un simple ordre de service. Sans fondement légal, la mesure est discriminatoire mais Éric Zemmour la légitime sans discussion. Français, les Algériens sont visés comme « musulmans ». Utilisé à la place d'« Algériens » pour éviter de reconnaître l'existence d'une nation, le terme a alors une signification élargie, au-delà du fidèle de l'islam – l'administration coloniale appelait ainsi les convertis des « musulmans catholiques ». Il est la catégorie pratique du racisme colonial.

Ce 5 octobre, Papon sort d'une réunion avec des syndicats de police. Cinq agents de la préfecture viennent d'être tués en un mois par le FLN (trente l'ont été sur toute la guerre). Le couvre-feu, pourtant, est inutile face aux attentats. En 1958, déjà, un couvre-feu avait été décidé mais rapidement abandonné. Il ne gêne pas les déplacements des groupes armés circulant en voiture. Revendiqué par les syndicats, il est un geste du préfet envers ses troupes exaspérées. Papon, qu'Éric Zemmour cherche à dédouaner, agit ici en vertu de ce que les spécialistes de la police appellent un « chèque en gris ». Ni « chèque en blanc », ni ordre strict, cette relation entre le préfet et ses supérieurs politiques implique un partage des responsabilités, sans exonérer Papon pour autant.

Le FLN organise un boycott du couvre-feu le soir du 17 octobre. Il ne s'agit pas de manifester en suivant un tracé mais de sortir massivement dans les rues de la capitale. Aussi de multiples cortèges se forment depuis les bidonvilles et les quartiers d'habitat algérien. Le FLN cherche à faire la démonstration de sa représentativité alors qu'il est en train de négocier avec les autorités françaises. L'enjeu est de taille. Il interdit par conséquent toute arme, toute provocation, et ses consignes sont suivies.

La répression atteint un niveau de violence décuplé dont le symbole demeure le fait que des Algériens ont été jetés à la Seine. Le nombre de morts reste impossible à évaluer de façon infaillible. Éric Zemmour cautionne l'évaluation la moins élevée s'établissant à quelques dizaines de victimes. S'agissant du bilan d'une soirée, il est déjà incommensurable sur la scène parisienne au XXe siècle.

Comme il le relate dans ses Mémoires, Papon a ordonné d'intercepter « les convois », de « cueillir les manifestants aux bouches du métro, les faire monter dans les cars ». Aussi les contemporains parlent de « chasse à l'homme », de « rafles » comparées à celles de la Seconde Guerre mondiale. Plus de onze mille Algériens seront ensuite détenus dans de telles conditions (harcèlement policier, entassement, nourriture infâme, soins inexistants…) que *Le Figaro* lui-même les dénoncera, en évoquant des « violences à froid », « intolérables ».

1962 – DE GAULLE N'A PAS DONNÉ L'INDÉPENDANCE À L'ALGÉRIE

> « *C'est dans la bouche de mon père, et bien avant que je ne le lise dans le livre d'Alain Peyrefitte, que j'entendis pour la première fois que de Gaulle "avait donné l'Algérie pour que son village ne s'appelle pas Colombey-les-Deux-Mosquées".* »
>
> Éric Zemmour, *Destin français*, *op. cit.*, p. 12.

Affirmer que de Gaulle a « donné » l'Algérie, c'est ignorer l'existence d'une guerre ayant duré huit ans (1954-1962), avec un adversaire qui a mis les autorités françaises en échec. Effectivement, les maquis de l'Armée de libération nationale (ALN), formés par le Front de libération nationale (FLN), ont été pratiquement anéantis. Toutefois, la lutte pour l'indépendance se jouait également ailleurs : attentats, collectes de fonds, propagande, violences envers les Algériens récalcitrants, etc. Le démantèlement des réseaux actifs en ces domaines incombait à l'armée française – pour cette raison, la guerre a pris les allures d'une vaste opération de police, menée à grand renfort d'arrestations, d'interrogatoires et de détentions. Sur ce plan, jamais le FLN n'a pu être vaincu. Les réseaux démantelés étaient sans cesse reconstitués. C'était l'impasse. Les hommes et les femmes arrêtés, quand ils ne disparaissaient pas du fait de la torture et des exécutions sommaires, étaient emprisonnés ou internés dans des camps.

Rapidement, les prisons d'Algérie ont été saturées, sans perspective pour les désengorger. Les transferts de détenus en métropole n'offraient guère de solution : ils déplaçaient le problème. Les camps d'internement paraissaient aussi devoir se remplir indéfiniment. En 1959, un général les inspectant concluait que les « développer, tout au moins jusqu'à l'achèvement de la pacification », ne conduirait qu'à « transformer le pays en un vaste camp de concentration ». Aussi l'indépendance de l'Algérie n'est pas une décision unilatérale, prise par un de Gaulle généreux et tout-puissant. Non seulement la France était mise en échec sur le terrain, en Algérie, mais elle était en difficulté sur la scène internationale, à l'ONU en particulier. C'est ainsi que de Gaulle a annoncé, le 16 septembre 1959, l'autodétermination des Algériens. Deux années d'âpres négociations ont ensuite été nécessaires pour aboutir aux accords d'Évian, le 18 mars 1962, et au référendum d'autodétermination, le 1er juillet suivant. L'indépendance l'a emporté à quatre-vingt-onze pour cent des inscrits (quatre-vingt-dix-neuf pour cent des votants).

La citation prêtée à de Gaulle est douteuse. Quand bien même elle serait authentique, expliquer l'indépendance de l'Algérie par la volonté d'éviter une « islamisation » de la société française est absurde. Très souvent citée, la fameuse petite phrase légitime l'idée du « grand remplacement » au motif que de Gaulle lui-même y aurait adhéré. Cette récupération du général de Gaulle fait fi de l'histoire : les irréductibles de l'Algérie française, situés à l'extrême droite de l'échiquier politique, ont maintes fois tenté d'assassiner de Gaulle. À ce titre, l'histoire de cette guerre distingue nettement l'extrême droite au sein des droites françaises. Éric Zemmour fait de la figure de De Gaulle des usages ambivalents : s'il le fustige pour l'indépendance de l'Algérie, il l'utilise aussi comme caution.

1997-1998 – MAURICE PAPON N'A PAS ÉTÉ VICTIME D'UN PROCÈS POLITIQUE

> *« C'est un procès pédagogique, dit-on dans les médias. C'est avant tout un procès idéologique. Ce n'est pas un complot, mais une coalition. »*
>
> Éric Zemmour, *La France n'a pas dit son dernier mot*, Rubempré, 2021, p. 27.

Évoquant le procès de Maurice Papon, secrétaire général de la préfecture de la Gironde pendant l'Occupation, Éric Zemmour décrit un jugement « inique » et « idéologique » par l'entremise duquel « la France d'aujourd'hui » a pu régler ses comptes avec « la France d'hier ». Ce procès aurait été une réponse aux attentes d'une vaste coalition politique et communautaire, allant des « associations juives » à l'« extrême gauche », en passant par les partisans de la construction européenne accusés de vouloir diluer la « culpabilité allemande » par la condamnation du haut fonctionnaire français pour sa contribution à l'arrestation et la déportation de dizaines de juifs entre 1942 et 1944. Trois cibles habituelles de la rhétorique d'Éric Zemmour, commodément réunies pour dénoncer la « repentance » et réhabiliter le régime de Vichy.

Ce « procès historique » serait donc une manœuvre politique, dont le seul objectif aurait été la « criminalisation de la France ». Il est en réalité l'aboutissement d'une très longue procédure (de la découverte de pièces incriminant Papon aux premières plaintes de parents de victimes en

1981, jusqu'à l'arrêt de la chambre d'accusation le renvoyant aux assises en 1996), témoignant de la complexité du débat contradictoire qui s'est ouvert dès les premiers actes d'investigation et de la multiplicité des acteurs impliqués. Cette complexité est en outre quantifiable. Cinquante tomes, cinquante mille pages, des milliers de documents d'archives saisis : la réalité du dossier Papon est à mille lieues de la présentation aux accents conspirationnistes faite par Éric Zemmour.

Cette instrumentalisation du procès Papon procède en outre d'un autre raccourci : cet épisode judiciaire n'aurait été qu'un prétexte pour juger et réécrire l'histoire de Vichy et de la France. Chaque acte de procédure et chaque audience quotidiennement chroniquée étaient pourtant fixés sur un seul objectif, qui est celui de toute audience pénale : évaluer la responsabilité personnelle du fonctionnaire dans les faits qui lui étaient reprochés. Sur les dix convois bordelais initialement examinés, seuls quatre sont ainsi retenus dans l'acte d'accusation, faute pour les autres d'éléments jugés suffisamment probants. Ce qui n'a pas empêché le débat autour des enjeux symboliques de ce procès, qui s'est tenu hors du prétoire et a déchiré la classe politique, les médias et les historiens : Éric Zemmour joue de cette confusion entre l'enceinte du tribunal et l'espace public.

Enfin, pour le polémiste, Papon aurait dû être acquitté et sa condamnation à dix ans de prison pour complicité de crime contre l'humanité fut un subterfuge permettant d'offrir une condamnation symbolique à la société française. C'est pourtant ici encore le récit du droit qui a primé, avec ses failles et ses limites. L'accusation pensait avoir démontré que Papon ne pouvait ignorer le sort qui attendait les juifs arrêtés sur ses ordres. La cour a décidé au contraire que cette question ne pouvait être tranchée par un tribunal et que le défaut de preuves devait profiter à la défense : elle a donc condamné Papon pour son « concours actif » à l'arrestation puis la déportation de soixante-douze juifs, tout en l'acquittant du chef de complicité d'assassinat à Auschwitz. N'en déplaise à Éric Zemmour : à Bordeaux, le droit a primé sur le symbole.

Alya Aglan, spécialiste de la Seconde Guerre mondiale, est professeure d'histoire contemporaine à l'université Paris I Panthéon-Sorbonne.

Florian Besson, docteur en histoire médiévale, est spécialiste des croisades et des médiévalismes contemporains. Il pilote le blog de diffusion de la recherche « Actuel Moyen Âge ».

Jean-Luc Chappey, spécialiste de l'histoire des sciences et des savoirs (XVIIe-XIXe siècles), est professeur d'histoire des sciences à l'université Paris I Panthéon-Sorbonne.

Vincent Denis, maître de conférences HDR en histoire moderne à l'université Paris I Panthéon-Sorbonne et à l'IHMC (UMR 8066 CNRS-ENS-Paris I), est spécialiste de l'histoire de la France du XVIIIe siècle et de la Révolution.

Jérémie Foa est maître de conférences HDR en histoire moderne à Aix-Marseille Université, membre du laboratoire TELEMMe et de l'Institute for Advanced Study de Princeton. Spécialiste des guerres de Religion, il a dernièrement publié *Tous ceux qui tombent. Visages du massacre de la Saint-Barthélemy* (La Découverte, 2021).

Claude Gauvard, professeure émérite de l'université Paris I Panthéon-Sorbonne, est médiéviste, spécialiste de l'histoire politique et judiciaire du Moyen Âge. Elle a récemment écrit *Condamner à mort au Moyen Âge. Pratiques de la peine capitale en France XIIIe-XVe siècle* (PUF, 2018).

Laurent Joly, directeur de recherche au CNRS, a publié une dizaine d'ouvrages sur l'extrême droite française, Vichy et la Shoah.

Guillaume Lancereau, docteur en histoire contemporaine, enseignant à Sciences Po Toulouse, est historien de la Révolution française et de son historiographie. Il co-anime le blog d'histoire du XVIIIe siècle « Échos des Lumières ».

Mathilde Larrère, maîtresse de conférences à l'université Gustave-Eiffel, a travaillé sur les questions de citoyenneté et sur les mouvements révolutionnaires du XIXe siècle.

André Loez est historien de la Grande Guerre, professeur en classes préparatoires et producteur du podcast « Paroles d'histoire ». Il a récemment dirigé le livre collectif *Mondes en guerre*, t. III : *1870-1945* (Passés composés, 2020).

Gérard Noiriel, directeur d'études à l'EHESS, est spécialiste de l'histoire de l'immigration et de l'histoire de la classe ouvrière en France.

Nicolas Offenstadt, maître de conférences HDR à l'université Paris 1 Panthéon-Sorbonne, a notamment travaillé sur la Grande Guerre et ses mémoires.

Philippe Oriol, directeur de Maison Zola-Musée Dreyfus, est spécialiste de l'affaire Dreyfus. Il est, entre autres, l'auteur de *L'Histoire de l'affaire Dreyfus de 1894 à nos jours* (Les Belles Lettres, 2014).

Catherine Rideau-Kikuchi est maîtresse de conférences en histoire médiévale à l'université de Versailles Saint-Quentin. Elle est spécialiste d'histoire économique et sociale de la fin du Moyen Âge et a travaillé sur la place des étrangers et des minorités dans les métiers du livre en Italie.

Virginie Sansico, docteure en histoire, est spécialiste d'histoire du droit et de la justice. Elle a notamment écrit *La Justice déshonorée. Paris 1940-1944* (Tallandier, 2015).

Sylvie Thénault est directrice de recherche au CNRS. Spécialiste de la colonisation et de la Guerre d'indépendance algérienne, son dernier ouvrage s'intitule *Les Ratonnades d'Alger, 1956. Une histoire de racisme colonial* (Seuil, 2022).